NOUVEAU RECUEIL

DE MOTS

D'ORTHOGRAPHE,

MIS

PAR ORDRE ALPHABÉTIQUE;

PRÉCÉDÉ

D'une explication de différentes sortes de mots qui y sont employés, avec une explication des accens et des autres figures dont on se sert en écrivant.

Nouvelle Édition approuvée par l'Académie, retouchée et très-exactement corrigée.

A GENÈVE,

Chez Luc SESTIÉ, Imprimeur - Libraire, rue de la Pelisserie.

1813.

EXPLICATION

Des abréviations dont on se sert dans ce Recueil.

s. m.	substantif masculin.
s. f.	substantif féminin.
pl.	pluriel.
adj.	adjectif.
adj. num.	adjectif numéral.
pron.	pronom.
v. a.	verbe actif.
v. p.	verbe passif.
v. n.	verbe neutre.
part.	participe.
ad.	adverbe.
prép.	préposition.
conj.	conjonction.
int.	interjection.

C.

EXPLICATION

Des différentes sortes de mots employés dans ce Recueil.

1. *D.* Qu'est-ce qu'un Substantif ?

R. Le Substantif est un mot qui sert à indiquer une personne ou une chose, comme un homme, une maison.

2. *D.* Qu'est-ce qu'un Adjectif ?

R. L'Adjectif est un mot qui marque la qualité d'une personne ou d'une chose, comme un homme *vertueux*, une *grande* maison : *vertueux* est l'adjectif du substantif homme, parce qu'il indique la qualité de cet homme.

3. *D.* Qu'est-ce qu'un Article ?

R. L'Article est un mot qui précède un substantif, comme *le*, *la*, *un*, *une*, *au*, *les*, *des*, *aux*.

4. *D.* Qu'est-ce qu'un Genre ?

R. Le Genre sert à distinguer le mâle de la femelle. Le Genre désigne aussi des choses qui ne sont ni mâles, ni femelles.

5. *D.* Combien y a-t-il de genres dans la langue française ?

R. Les Français n'emploient que deux genres ; le *masculin* pour distinguer le mâle, comme le cheval ; le *féminin* pour distinguer la femelle, comme la jument.

6. *D.* N'y a-t-il pas deux Nombres ?

R. Oui ; il y a deux Nombres ; le nombre *singulier* et le nombre *pluriel.*

7. *D.* Quant est-ce qu'on emploie ces deux nombres ?

R. Le nombre *singulier* s'emploie pour désigner une seule personne ou une seule chose, ou l'action d'une seule personne, comme un prince ; Dieu aime. On emploie le pluriel pour désigner plusieurs choses ou plusieurs personnes, ou l'action de plusieurs choses ou de plusieurs personnes, comme des princes, les hommes aiment.

8. *D.* Qu'est-ce qu'un Pronom ?

R. Un pronom est un mot mis à la place d'un nom, soit substantif, soit adjectif.

9. *D.* Quels sont ces pronoms ?

R. Les pronoms sont, *je, me, moi, nous ; tu, te toi, vous, il, elle, ils, elles, eux ; en, le, la, lui, les, leur, se, soi, y, qui, dont, que, ce, ces, ceux.*

10. *D.* Qu'est-ce qu'un Verbe ?

R. Le Verbe est un mot qui marque l'action d'un substantif ; comme Dieu *aime* ; aime est verbe, parce qu'il exprime l'action du substantif Dieu.

11. *D.* Ne distingue-t-on pas en général plusieurs sortes de verbes ?

R. Oui ; l'on distingue trois sortes de verbes : le verbe *actif* qui exprime l'action d'une personne ou d'une chose sur une autre, comme j'avertis. Le verbe *passif* exprime l'action reçue par une personne, comme je suis averti. Le verbe *neutre* qui exprime l'état ou la position de quelqu'un, comme je suis debout.

12. *D.* Qu'est-ce qu'un Participe ?

R. Le Participe est une espèce d'adjectif qui exprime l'état de la personne ou de la chose qui fait l'action ; *aimant* est participe présent, *aimé* est participe parfait passif.

Le participe terminé par *ant*, est généralement indéclinable, c'est-à-dire, qu'on n'y distingue ni masculin, ni féminin, ni singulier; ni pluriel. *Les hommes aimant Dieu sont attentifs à suivre ses lois.* Il y a cependant certains adjectifs qui ressemblent à ces participes ; et ces adjectifs se déclinent. Ainsi on dira, *Un sang bouillant, une huile bouillante ; des bouillons rafraîchissans, des eaux dormantes.* Pour distinguer ces participes d'avec les adjectifs, il suffit de savoir que l'adjectif va très-bien avec le verbe *Etre;* mais le participe nullement. Ainsi on dira très-bien : *je suis prévenant, vous êtes ravissantes, ils sont séduisans ;* ceux-là se déclinent. Mais on ne dira pas, *je suis luisant, vous êtes soupante, ils sont dormans ;* ceux-là ne se déclinent point.

Quant au participe passif, il est toujours indéclinable, étant suivi de son régime simple; et au contraire, il se décline toujours quand il en est précédé. Exemples : *J'ai reçu vos lettres, les lettres que j'ai reçues ; les tableaux qu'il a faits à Rome;* mais dites, *les chaleurs qu'il a fait cette année.*

13. *D.* Qu'est-ce qu'un Adverbe ?

R. L'Adverbe est un mot qui ne change point de

terminaison, et qui se trouve près du verbe pour en marquer le temps, le lieu ou la manière dont se fait l'action, comme *tant, quand, là, où.*

14. *D.* Qu'est-ce qu'une Préposition ?

R. La Préposition est un mot qui ne change point de terminaison, et qu'on met devant les noms ou l'infinitif des verbes ; comme *hors, à, par, avec, contre, dans, auprès,* etc.

15. *D.* Qu'est-ce qu'une Conjonction ?

R. La Conjonction est un mot qui sert à lier les phrases ; comme *ou, si, lorsque, et, quand, encore, que,* etc.

16. *D.* Qu'est-ce qu'une Interjection ?

R. L'interjection est un mot employé pour exprimer un mouvement extraordinaire de l'ame, comme *hélas ! ah !* etc.

17. *D.* Qu'est-ce qu'un Accent ?

R. On appelle Accens de petits traits qu'on met sur des voyelles.

18. *D.* Combien y a-t-il d'accens ?

R. Il y a trois sortes d'accens ; savoir : l'accent *aigu,* l'accent *grave* et l'accent *circonflexe.*

19. *D.* Comment emploie-t-on l'accent aigu ?

R. L'accent aigu est un petit trait penché de droite à gauche, ainsi qu'on le voit dans *témérité* sur chacun des *e.*

20. *D.* Que dites-vous de l'accent grave ?

R. L'accent grave est un petit trait penché de gauche à droite, comme dans *progrès* ou *là* adverbe.

21. *D.* Qu'est-ce que l'accent circonflexe ?

R. L'accent circonflexe est la réunion des deux autres accens, comme dans *être.*

22. *D.* Qu'est-ce que l'Apostrophe ?

R. L'Apostrophe est un petit trait courbe, fait comme la virgule, qu'on met au-dessus d'une lettre au lieu de quelque voyelle qu'on a retranchée ; ainsi on dit *l'orgueil*, au lieu de *le orgueil.*

23. *D.* Qu'est-ce qu'un Tiret ?

R. Le Tiret est un petit trait qui se met entre deux mots, et les fait prononcer comme s'il n'y en avait qu'un, comme *chef-d'œuvre.*

24. *D.* Qu'est-ce que la Cédille ?

R. La Cédille est un petit *c* retourné qu'on met sous la lettre *c* quand elle précède *a*, *o*, *u*, pour la faire prononcer comme une *s*, comme dans *garçon.*

25. *D.* Qu'est-ce que le point d'Interrogation ?

R. Le point d'Interrogation est un point qui se met après des interrogations et des demandes, comme après ces mots, *Dois-je me plaindre de ma fortune ?*

26. *D.* Que dites-vous du point d'Exclamation ?

R. Le point d'Exclamation est un point qui se met à la fin des phrases qui expriment une exclamation, comme *quelle souplesse !*

27. *D.* Qu'observez-vous sur les lettres capitales ou grandes ?

R. 1.° On commence par une lettre capitale le premier mot d'un discours et de chaque vers. 2.° On écrit avec une grande lettre tous les noms d'homme, de religion et de science. 5.° On écrit de même tous les noms de royaume, de fleuve et de ville ; 4.° Tous les noms de dignité, de charge, de mois et de jour.

NOUVEAU
RECUEIL DE MOTS
D'ORTHOGRAPHE.

ABAISSER, *v. act.*
abandonner, *v. a.*
abeille, *s. f.*
abhorrer, *v. a.*
abject, ecte, *adj.*
abondamment, *adv.*
abondance, *s. f.*
abord, *s. m.*
abrégé, *s. m.*
abri, *s. m.*
absence, *s. f.*
absolu, ue, *adj.*
absoudre, *v. a.*
absous, oute, *part.*
abstinence, *s. f.*
abus, *s. m.*
abîme, *s. m.*
accélérer, *v. a.*
accent, *s. m.*
acception, *s. f.*
accès, *s. m.*
accessible, *adj.*
accident, *s. m.*
accompagner, *v. a.*
accord, *s. m.*
accumuler, *v. a.*
achat, *s. m.*

acquiescer, *v. n.*
acquisition, *s. f.*
acquit, *s. m. quittance,*
    décharge.
addition, *s. f.*
adhérer, *v. n.*
adolescence, *s. f.*
adoucissement, *s. m.*
adresse, *s. f.*
adroit, oite, *adj.*
adversaire, *s. m.*
adversité, *s. f.*
affliction, *s. f.*
affligeant, ante, *adj.*
affluence, *s. f.*
affront, *s. m.*
afin que, *conj.*
agacer, *v. a.*
agencer, *v. a.*
aggraver, *v. a.*
agio, *s. m.*
agneau, *s. m.*
agrandir, *v. a.*
aguets, *s. m. pl.*
aider, *v. a.*
aigle, *s. m. et f.*
aigreur, *s. f.*

aigu , uë, *adj.*
aiguille , *s. f.*
aiguillon, *s. m.*
aile, *s. f.*
ailleurs , *adv.*
aimable, *adj.*
aîné, ée, *adj.*
ainsi, *conj.*
air, *s. m.*
airain, *s. m.*
aisance, *s. f.*
aise, *s. f.*
aisé, ée , *adj.*
ajuster, *v. a.*
alambiquer, *v. a.*
alarme, *s. f.*
alentour, *adv.*
aliment , *s. m.*
allaiter, *v. a.*
alléguer, *v. a.*
aller, *v. n.*
alliance, *s. f.*
allumer, *v. a.*
almanach, *s. m.*
alors , *adv.*
alphabet, *s. m.*
amant , ante, *s. m. et f.*
amas , *s. m.*
amasser, *v. a.*
ambiguité, *s. f.*
ambitieux, euse, *adj.*
ambition, *s. f.*
amande, *s. f. fruit.*
amende , *s. f. peine pécu-*
  niaire.

amendement, *s. m.*
amer, ère , *adj.*
ami, amie, *s. m. et f.*
amollir, *v. a.*
amonceler, *v. a.*
amorce , *s. f.*
amphithéâtre , *s. m.*
amplifier, *v. a.*
an, *s. m.* ou année, *s. f.*
ancêtres, *s. m. pl.*
anciennement, *adv.*
ancre , *d'un navire, s. f.*
anéantir, *v. a.*
animosité, *s. f.*
anneau, *s. m.*
anniversaire, *s. et adj.*
annoncer, *v. a.*
anoblir, *v. a.*
anonyme, *adj.*
anticiper , *v. a.*
antidote, *s. m.*
antipathie, *s. f.*
antipodes , *s. m. pl.*
antiquité, *s. f.*
anxiété , *s. f.*
apostropher , *v. a.*
appaiser, *v. a.*
apercevoir, *v. a.*
âpre , *adj.*
âpreté, *s. f.*
appareil, *s. m.*
apparence, *s. f.*
appas, *s. m. charme.*
appàt, *s. m. amorce.*
appauvrir, *v. a.*

appeler, *v. a.*
appesantir, *v. a.*
appétit, *s. m.*
applaudir, *v. n.*
application, *s. f.*
apprécier, *v. a.*
appréhension, *s. f.*
apprenti, ie, *s. m.* et *f.*
apprentissage, *s. m.*
apprêt, *s. m.*
appui, *s. m.*
araignée, *s. f.*
arbitraire, *adj.*
arbrisseau, *s. m.*
ardent, ente, *adj.*
argent, *s. m.*
aride, *adj.*
arracher, *v. a.*
arranger, *v. a.*
arrêter, *v. a.*
arrhes, *s. f. plur.*
arrière, *adv.*
arriver, *v. n.*
arrogance, *s. f.*
arroser, *v. a.*
arsenal, *s. m.*
art, *s. m. méthode,*
adresse de bien faire
un ouvrage.
artifice, *s. m.*
artisan, *s. m.*
ascendant, *s. m.*
ascension, *s. f.*
aspect, *s. m.*
assaillir, *v. a.*

assaisonner, *v. a.*
assassinat, *s. m.*
assaut, *s. m.*
assemblage, *s. m.*
asseoir, *v. a.*
asservir, *v. a.*
assez, *adv.*
assidu, ue, *adj.*
assiéger, *v. a.*
assiette, *s. f.*
assigner, *v. a.*
assistance, *s. f.*
associer, *v. a.*
assommer, *v. a.*
assortir, *v. a.*
assoupir, *v. a.*
assouvir, *v. a.*
assujettir, *v. a.*
assurance, *s. f.*
asthme, *s. m. difficulté*
de respirer.
asyle, *s. m.*
athée, *s. m.* et *f. celui*
qui ne croit pas en
Dieu.
athléte, *s. m.*
atroce, *adj.*
atrocité, *s. f.*
atteindre, *v. a.*
atteinte, *s. f.*
attendre, *v. a.*
attentat, *s. m.*
attention, *s. f.*
attirail, *s. m.*
attrait, *s. m.*

au , *particule qui ne se met que devant le sin-gulier des noms mas-culins qui commencent par une consonne.*
au pis aller, *adv.*
avancer, *v. a.* et *n.*
avantageux, euse, *adj.*
avant-coureur, *s. m.*
avant-propos, *s. m.*
aube, *s. f. la pointe du jour.*
aucun, aucune, *adj.*
audace, *s. f.*
audacieux, euse, *adj.*
au-delà, *prép.*
audience, *s. f.*
auditoire, *s. m.*
avenir, *s. m.*
aventure, *s. f.*
aversion, *s. f.*
aveu, *s. m.*
aveugle, *adj.*
augmenter, *v. a.*
augure, *s. m.*
auguste, *adj. grand, vénérable.*
aujourd'hui, *adv.*
avilir, *v. a.*
avis, *s. m.*
aumône, *s. f.*
aune, *s. f. mesure.*
auparavant, *adv.*
auspice, *s. m.*
austère, *adj.*

austérité , *s. f.*
aussi, *conj.*
autant, *adv.*
autel, *s. m. lieu élevé sur lequel on fait un sacrifice.*
auteur, *s. m. le premier inventeur de quelque chose.*
authentique , *adj.*
automne, *s. m.* et *f.*
autoriser, *v. a.*
autorité , *s. f.*
autrefois, *adv.*
autrement, *adv.*
autrui, *s. m. qui n'a point de pluriel.*
auxiliaire , *adj.*
axiome, *s. m.*
azur , *s. m.*
Babil, *s. m.*
babillard, arde, *adj.*
badin , badine , *adj.*
bagatelle, *s. f.*
baigner, *v. a.*
bail , *s. m.* et *au pl.* baux.
bâiller, *v. n. faire des bâillemens.*
bain, *s. m.*
baiser, *v. a.*
balancer, *v. a.* et *n.*
baleine , *s. f.*
balle, *s. f.*
ballon, *s. m.*
ban, *s. m.*
banal, ale , *adj.*

banc, *s. m. sorte de siège.*
bandeau, *s. m.*
banlieue, *s. f.*
bannir, *v. a.*
bannissement, *s. m.*
banquier, *s. m.*
barreau, *s. m.*
barrière, *s. f.*
bas, basse, *adj.*
base, *s. f.*
bassesse, *s. f.*
bataille, *s. f.*
bateau, *s. m.*
bâtir, *v. a.*
bâton, *s. m.*
beaucoup, *adv.*
beau-père, *s. m.*
beauté, *s. f.*
bégayer, *v. n.*
belliqueux, euse, *adj.*
bénédiction, *s. f.*
bénéficence, *s. f.*
bénin, bénigne, *adj.*
bercail, *s. m.*
berceau, *s. m.*
berger, ère, *s. m. et f.*
bétail, *s. m. au pluriel*
   bestiaux.
bête, *s. f.*
bévue, *s. f.*
biais, *s. m.*
bibliothécaire, *s. m.*
bibliothèque, *s. f.*
bien, *adv. très, beau-*
   coup, parfaitement.

bienfaisant, ante, *adj.*
bienfait, *s. m. faveur,*
   grâce.
bien fait, bien faite, *adj.*
  bien tourné, bien exécuté.
bienséance, *s. f.*
bienveillance, *s. f.*
bigarrure, *s. f.*
bigot, bigote, *adj.*
bijou, *s. m.*
biscuit, *s. m.*
bizarre, *adj.*
blâmer, *v. a.*
blanc, blanche, *adj.*
blasphême, *s. m.*
blesser, *v. a.*
bleu, bleue, *adj.*
bleuâtre, *adj.*
blocus, *s. m.*
blond, blonde, *adj.*
bœuf, *s. m.*
bois, *s. m.*
boisson, *s. f.*
boiteux, euse, *adj. et s.*
bonace, *s. f. calme.*
bonheur, *s. m.*
bord, *s. m.*
bosse, *s. f.*
bossu, ue, *adj. et s.*
boucher, *s. m.*
bouffi, ffie, *part.*
bouillant, ante, *adj.*
boulevart, *s. m.*
bourg, *s. m.*
bourgeois, geoise, *s. m. et f.*

bourgeonner, *v. n.*	calville, *s. f. pomme.*
bourreau, *s. m.*	camayeu, *s. m. tableau.*
bout, *s. m. extrémité.*	camp, *s. m.*
bracelet, *s. m.*	campagne, *s. f.*
brancard, *s. m.*	candeur, *s. f.*
branler, *v. a.*	canton, *s. m.*
bras, *s. m.*	capacité, *s. f.*
brasser, *v. a.*	caprice, *s. m.*
brebis, *s. f.*	captieux, euse, *adj.*
breuvage, *s. m.*	caqueter, *v. n.*
brigand, *s. m.*	caractère, *s. m.*
brillant, ante, *adj.*	caresser, *v. a.*
brouillard, *s. m.*	carnage, *s. m.*
broussailles, *s. f. pl.*	carquois, *s. m.*
bruit, *s. m.*	carreau, *s. m.*
brut, ute, *adj.*	carrefour, *s. m.*
bûcher, *s. m.*	carrière, *s. f.*
butin, *s. m.*	carte, *s. f.*
Çà et là, *adv.*	cas, *s. m. action, estime.*
cabale, *s. f.*	catastrophe, *s. f.*
cabinet, *s. m.*	catéchiser, *v. a.*
cachot, *s. m.*	catéchumène, *adj. et s. m. et f.*
cadavre, *s. m.*	
cadet, cadette, *adj.*	à cause de, *prép.*
caduc, caduque, *adj.*	caution, *s. f.*
caducité, *s. f.*	ce, cet, cette, *au plur.* ces, *adj. qui indique les personnes ou les choses.*
cahier, *s. m.*	
cahute, *s. f.*	
caillou, *s. m.*	céans, *adv. ici dedans.*
cajoler, *v. a.*	céder, *v. a.*
caisse, *s. f.*	ceint, *part. environné.*
calfat, *s. f. étoffe goudronnée.*	célèbre, *adj.*
	célérité, *s. f.*
calme, *s. m. et adj.*	céleste, *adj.*
calomnie, *s. f.*	célibat, *s. m.*

celui-ci, celle-ci, *pr.*
celui-là, celle-là, *pr.*
c'en, *pour* ce en.
cendre, *s. f.*
cénotaphe, *s. m. tombeau*
  vide.
cens, *s. m. dénombrement.*
censure, *s. f.*
cent, *adj. num.*
centre, *s. m.*
centuple, *s. m.*
cependant, *adv.*
cercle, *s. m.*
cercueil, *s. m.*
cérémonie, *s. f.*
certain, aine, *adj.*
certes, *adv.*
certificat, *s. m.*
certitude, *s. f.*
certifier, *v. a.*
cerveau, *s. m.*
cesser, *v. n.*
chacun, une, *pron.*
chagrin, *s. m.*
chaîne, *s. f. lien.*
chair, *s. f. viande des*
  animaux, l'humanité,
  ses foiblesses.
chaire, *s. f. siège élevé*
  où est assis celui qui
  parle en public.
champ, *s. m. pièce de*
  terre cultivée.
champêtre, *adj.*

sur-le-champ, *sans délai,*
  façon de parler adver-
  biale.
chanceler, *v. n.*
changeant, eante, *adj.*
chant, *s. m. élévation et*
  inflexion de voix.
chaos, *s. m.*
chariot, *s. m.*
chasser, *v. a.*
château, *s. m.*
chatouiller, *v. a.*
chaud, aude, *adj.*
chauffer, *v. a.*
chaumière, *s. f.*
chauve, *adj.*
chef-d'œuvre, *s. m.*
chemin, *s. m.*
cher, ère, *adj. de grande*
  valeur, chéri.
chère, *s. f. régal, bon repas.*
choix, *s. m.*
choquant, ante, *adj.*
cibe, *s. f.*
cicatrice, *s. f.*
ci-dessous, *adv.*
ci-dessus, *adv.*
cimenter, *v. a.*
cimetière, *s. m.*
cinq, *adj. num. le nombre*
  qui est entre quatre et six.
cinquante, *adj. num.*
circonspect, ecte, *adj.*
circonstance, *s. f.*
circuit, *s. m.*

circuler, *v. n.*
cire, *s. f.*
citadelle, *s. f.*
citer, *v. a.*
citoyen, enne, *s. m. et f.*
civilité, *s. f.*
clabauder, *v. n.*
clairement, *adv.*
clair-voyant, ante, *adj.*
classe, *s. f.*
clause, *s. f. condition principale.*
clémence, *s. f.*
climat, *s. m.*
clin-d'œil, *s. m.*
clinquant, *s. m.*
clos, close, *adj. fermé.*
colère, *s. f.*
collègue, *s. m.*
colline, *s. f.*
colonne, *s. f.*
coloris, *s. m.*
combat, *s. m.*
combinaison, *s. f.*
commander, *v. a.*
commencer, *v. a.*
commentaire, *s. m.*
commerce, *s. m.*
commodité, *s. f.*
communauté, *s. f.*
compagnie, *s. f.*
compagnon, *s. f.*
comparaison, *s. f.*
compassion, *s. f.*
compenser, *v. a.*

complaisance, *s. f.*
complexion, *s. f.*
complice, *adj.*
complot, *s. m.*
compte, *s. m. l'action de compter.*
comte, *s. m. nom de dignité.*
conception, *s. f.*
concerner, *v. a.*
concert, *s. m.*
concerter, *v. a.*
concevoir, *v. a.*
concilier, *v. a.*
concis, ise, *adj.*
concours, *s. m.*
condamner, *v. a.*
condescendance, *s. f.*
condition, *s. f.*
confiance, *s. f.*
confidence, *s. f.*
confus, use, *adj.*
congédier, *v. a.*
conjoncture, *s. f.*
conjuration, *s. f.*
connexion, *s. f.*
connivence, *s f.*
conquête, *s. f.*
conscience, *s. f.*
conseil, *s. m.*
conseiller, *v. a.*
consentement, *s. m.*
conséquence, *s. f.*
conséquent, ente, *adj. ne se dit que des personnes.*
conserver, *v. a.*

considérer, *v. a.*
consistance, *s. f.*
consolation, *s. f.*
consommé, ée, *adj.*
constance, *s. f.*
consulter, *v. a.*
contagieux, euse, *adj.*
conte, *s. m. narration.*
contemplation, *s. f.*
contemporain, aine, *adj.*
contenance, *s. f.*
content, ente, *adj.*
contention, *s. f.*
continence, *s. f.*
contraindre, *v. a.*
contraire, *adj.*
contrat, *s. m.*
contravention, *s. f.*
contrecarrer, *v. a.*
contre-coup, *s. m.*
contre-ordre, *s. m.*
contre-poids, *s. m.*
contre-sens, *s. m.*
contre-temps, *s. m.*
convaincant, ante, *adj.*
convalescence, *s. f.*
convenance, *s. f.*
conserver, *v. a.*
conviction, *s. f.*
convoi, *s. m.*
corps, *s. m.*
correct, ecte, *adj.*
correspondance, *s. f.*
corrompre, *v. a.*
corruption, *s. f.*

corsaire, *s. m.*
cortége, *s. m.*
côté, *s. m.*
coup, *s. m.*
coupe-jarret, *s. m.*
courage, *s. m.*
courir, *v. n.*
couronne, *s. f.*
courroux, *s. m.*
cours, *s. m. la durée ou les progrès des choses.*
course, *s. f.*
court, courte, *adj. qui a peu de longueur.*
courtisan, *s. m. et adj.*
cousin, ine, *s. m. et f.*
couvert, erte, *adj.*
craindre, *v. a.*
crasse, *s. f.*
crayon, *s. m.*
créancier, *s. m.*
crédit, *s. m.*
creux, euse, *adj.*
criaillerie, *s. f.*
cruauté, *s. f.*
crucifier, *v. a.*
cueillir, *v. a.*
cuirasse, *s. f.*
culbuter, *v. a.*
cultiver, *v. a.*
cupidité, *s. f.*
curiosité, *s. f.*
Daigner, *v. n.*
danger, *s. m.*
dans, *prép.*

danser, *v. n.*

davantage, *adv.*

de, *prép. qui se met pour l'article des indéfini, quand l'adjectif précède le substantif : de belles choses.*

débat, *s. m.*

débauche, *s. f.*

débit, *s. m.*

débris, *s. m.*

début, *s. m.*

décadence, *s. f.*

décéler, *v. a.*

décence, *s. f.*

décerner, *v. a.*

décès, *s. m.*

décider, *v. a. et n.*

déclin, *s. m.*

décoration, *s. f.*

décret, *s. m.*

décri, *s. m.*

dédain, *s. m.*

dedans, *adv.*

dédicace, *s. f.*

défaillance, *s. f.*

défaite, *s. f.*

défaut, *s. m.*

défense, *s. f.*

déférence, *s. f.*

défi, *s. m.*

défiance, *s. f.*

dégât, *s. m.*

dehors, *prép. et s. m.*

déjà, *adv.*

délai, *s. m.*

délasser, *v. a.*

délicat, ate, *adj.*

demander, *v. a.*

démangeaison, *s. f.*

d'en, *prép. et adv. il souhaite d'en sortir.*

denrée, *s. f.*

départ, *s. m.*

dépayser, *v. a.*

dépense, *s. f.*

dépositaire, *s. m. et f.*

dépouiller, *v. a.*

dès, *marquant le temps, prép. et adv.*

descendre, *v. n.*

description, *s. f.*

désert, erte, *adj.*

déshabituer, *v. a.*

déshériter, *v. a.*

désintéressé, ée, *adj.*

désorienter, *v. a.*

désormais, *adv.*

dessein, *s. m.*

dessiller, *v. a.*

destin, *s. m.*

détail, *s. m.*

détroit, *s. m.*

deuil, *s. m.*

deux, *adj. marquant le nombre.*

d'eux, *pron. ne marquant pas le nombre.*

deuxième, *adj.*

dévot, ote, *adj.*

dialogue, *s. m.*
diamant, *s. m.*
différens, différentes, *adj.*
   pl. signifiant plusieurs.
difficile, *adj.*
diffus, use, *adj.*
digérer, *v. a.*
diligence, *s. f.*
diphthongue, *s. f.*
direction, *s. f.*
discerner, *v. a.*
discipline, *s. f.*
discours, *s. m.*
discrétion, *s. f.*
disculper, *v. a.*
discussion, *s. f.*
disette, *s. f.*
disgracier, *v. a.*
dispenser, *v. a.*
disperser, *v. a.*
disposition, *s. f.*
dissemblable, *adj.*
dissention, *s. f.*
dissertation, *s. f.*
dissimuler, *v. a.*
dissiper, *v. a.*
dissolu, ue, *adj.*
dissoudre, *v. a.*
dissuader, *v. a.*
distance, *s. f.*
distinct, incte, *adj.*
distrait, aite, *adj.*
diversifier, *v. a.*
divers, diverses, *adj. plur.*
   signifiant plusieurs.

divin, ine, *adj.*
divorce, *s. m.*
dix, *adj. num.*
docilité, *s. f.*
dogme, *s. m.*
doigt, *s. m. partie de la main* ou *du pied.*
domaine, *s. m.*
domicile, *s. m.*
dommageable, *adj.*
dompter, *v. a.*
don, *s. m. présent qu'on fait à quelqu'un.*
donc, *conj. par conséquent.*
dont, *particule qui sert de pronom pour duquel, de laquelle, desquels, desquelles.*
dos, *s. m.*
d'où, *adv marquant le lieu.*
douteux, euse, *adj.*
doux, douce, *adj. plein de douceur.*
drap, *s. m.*
dû, due, *part.*
duplicité, *s. f.*
d'y, *pour de y, prép. qui ne se met que devant l'infinitif. Je viens d'y entrer.*
Ebaucher, *v. a.*
ébranler, *v. a.*
écart, *s. m.*
écervelé, ée, *adj.*
échafaud, *s. m.*

échangé, ée , *part.*
échéance, *s. f.*
échec , *s. m.*
écho, *s. m.*
échouer , *v. a.*
éclaircir , *v. a.*
éclat , *s. m.*
écolier, ière, *s. m. et f.*
économie, *s. f.*
écorce, *s. f.*
écrit, *s. m.*
écriteau , *s. m.*
écrivain, *s. m.*
édit, *s. m.*
éducation, *s. f.*
effacer, *v. a.*
effet, *s. m.*
efficace, *s. f. et adj.*
effort, *s. m.*
effrayer, *v. a.*
effréné, ée, *adj.*
effroi, *s. m.*
égard, *s. m.*
égarement, *s. m.*
égayer, *v. a.*
élégance, *s. f.*
éléphant, *s. m.*
élever, *v. a.*
éloquence, *s. f.*
émail, *s. m.*
emballer, *v. a.*
embarquer, *v. a.*
embarras, *s. m.*
embaumer, *v. a.*
embellir, *v. a.*

emblême , *s. m.*
embonpoint, *s. m.*
embouchure, *s. f.*
embrasser , *v. a.*
embrouiller, *v. a.*
embuscade, *s. f.*
émeraude, *s. f.*
éminent, ente, *adj.*
émissaire, *s. m.*
emmailloter , *v. a.*
émotion, *s. f.*
s'emparer, *v récip.*
empêcher , *v. a.*
emphase, *s. f.*
empiéter, *v. a.*
empire , *s. m. pouvoir,*
   autorité.
emplette, *s. f.*
emploi , *s. m.*
empoisonner, *v. a.*
empressement, *s. m.*
emprunt, *s. m.*
enceinte, *s. f.*
encens, *s. m.*
enchanter, *v. a.*
enchérir, *v. a.*
enclin, ine, *adj.*
enclos, *s. m.*
enclume, *s. f.*
encore, *adv.*
encre, *s. f.*
en deçà, *prép.*
endroit, *s. m.*
endurcir, *v. a.*
énerver, *v. a.*

enfance, *s. f.*
enfer, *s. m.*
enflammer, *v. a.*
enflure, *s. f.*
enfoncer, *v. a.*
enfreindre, *v. a.*
engageant, ante, *adj.*
engelure, *s. f.*
engloutir, *v. a.*
engourdir, *v. a.*
engraisser, *v. a.*
enhardir, *v. a.*
enjamber, *v. n.*
enjoliver, *v. a.*
enjoué, ée, *adj.*
enivrer, *v. a.*
enlaidir, *v. a.*
ennemi, ie, *s. m.* et *f.*
ennui, *s. m.*
énorgueillir, *v. a.*
enrichir, *v. a.*
enrôler, *v. a.*
enseigner, *v. a.*
ensemble, *adv.*
ensemencer, *v. a.*
ensevelir, *v. a.*
s'ensuivre, *v. n.*
entamer, *v. a.*
entasser, *v. a.*
entendre, *v. a.*
entêté, ée, *adj.*
enthousiasme, *s. m.*
entier, ière, *adj.*
entourer, *v. a.*
entr'autres,

entraîner, *v. a.*
entrelacer, *v. a.*
entretien, *s. m.*
entrevoir, *v. a.*
entr'eux, *prép.* et *pron.*
envahir, *v. a.*
envelopper, *v. a.*
envenimer, *v. a.*
envers, *prép. à l'égard de.*
à l'envi, *façon de parler*
   adverbiale.
envieux, euse, *adj.*
environ, *prép.*
épais, épaisse, *adj.*
épargner, *v. a.*
épars, arse, *adj.*
épaule, *s. f.*
épigramme, *s. f.*
épitaphe, *s. f.*
épithète, *s. f.*
épouvanter, *v. a.*
époux, ouse, *s. m.* et *f.*
équilibre, *s. m.*
équivoque, *adj.*
ermitage, *s. m.* ou hermitage
ermite, *s. m.* ou hermite.
érudition, *s. f.*
escadron, *s. m.*
escalader, *v. a.*
escalier, *s. m.*
escorte, *s. f.*
espace, *s. m.*
espèce, *s. f.*
espérance, *s. f.*
esprit, *s. m.*

essai, *s. m.*
essaim, *s. m.*
essentiel, elle, *adj.*
essor, *s. m.*
essuyer, *v. a.*
estomac, *s. m.*
état, *s. m. disposition dans laquelle se trouve une personne ou une affaire.*
éteindre, *v. a.*
étendard, *s. m.*
étincelle, *s. f.*
étourdi, ie, *s. m. et f.*
étrangler, *v. a.*
étrenne, *s. f.*
étroit, oite, *adj.*
évacuer, *v. a.*
éventer, *v. a.*
évidence, *s. f.*
exact, acte, *adj.*
exagérer, *v. a.*
exalter, *v. a.*
examiner, *v. a.*
exaucer, *v. a. écouter favorablement.*
excellence, *s. f.*
exception, *s. f.*
excès, *s. m.*
excessif, ive, *adj.*
exciter, *v. a.*
exécution, *s. f.*
exemplaire, *s. m. et adj.*
exempt, empte, *adj. et au plur.* exempts.
exercice, *s. m.*

exhalaison, *s. f.*
exhorter, *v. a.*
exiler, *v. a.*
existence, *s. f.*
exorbitant, ante, *adj.*
expédient, *s. m.*
expédition, *s. f.*
expérience, *s. f.*
expérimenter, *v. a.*
expert, erte, *adj.*
exploit, *s. m.*
exposer, *v. a.*
exprès, esse, *adj.*
expression, *s. f.*
exquis, ise, *adj.*
extrait, *s. m.*
extraordinaire, *adj.*
extravagance, *s. f.*
Facétieux, euse, *adj.*
facile, *adj.*
façon, *s. f.*
faculté, *s. f.*
faillir, *v. n.*
faim, *s. f. désir, besoin de manger.*
fainéant, ante, *adj.*
faisceau, *s. m.*
faîte, *s. m. comble.*
faix, *s. m. charge, fardeau.*
falsifier, *v. a.*
familier, ière, *adj.*
famille, *s. f.*
fange, *s. f.*
fantaisie, *s. f.*
fantassin, *s. m.*

fantôme, *s. m.*
fard, *s. m.*
fardeau, *s. m.*
fasciner, *v. a.*
fatras, *s. m.*
faubourg, *s. m.*
faucher, *v. a.*
faucile, *s. f.*
favori, *s. m. et adj.*
faussaire, *s. m.*
fausseté, *s. f.*
faute, *s. f.*
fauteur, *s. m.*
faux, fausse, *adj.*
faux semblant, *s. m.*
fécond, onde, *adj.*
feinte, *s. f.*
félicité, *s. f.*
femme, *s. f.*
fer, *s. m.*
fermentation, *s. f.*
férocité, *s. f.*
fertile, *adj. m. et f.*
fervent, ente, *adj.*
festin, *s. m.*
fête, *s. f. réjouissance.*
feuilleter, *v. a.*
fiançailles, *s. f. pl.*
fiction, *s. f.*
fidèle, *s. m. et adj.*
fierté, *s. f.*
filleul, eule, *s. m. et f.*
fils, *s. m. un enfant mâle.*
fin, *s. f. extrémité.*
fin, fine, *adj. rusé.*

finance, *s. f.*
fixer, *v. a.*
flairer, *v. a.*
flambeau, *s. m.*
flamme, *s. f.*
fléau, *s. m.*
flétrir, *v. a.*
florin, *s. m.*
flot, *s. m. eau agitée.*
flux, *s. m.*
foi, *s. f. action de croire.*
foiblesse, *s. f.*
fois, *s. f. terme qui ne s'emploie qu'avec les noms de nombre.*
fomenter, *v. a.*
fonction, *s. f.*
fond, *s. m. l'endroit le plus bas d'une chose.*
fond, *du verbe* fondre.
fonds, *s. m. de terre, d'esprit*
fontaine, *s. f.*
font, *du verbe* faire.
fonts, *s. m. pl. de baptême.*
forçat, *s. m.*
forcené, ée, *adj.*
forêt, *s. f.*
formulaire, *s. m.*
fortuit, uite, *adj.*
fosse, *s. f. creux large et profond dans la terre.*
fouet, *s. m.*
fournaise, *s. f.*
fourrager, *v. a.*
fourreau, *s. m.*

fracas, *s. m.*
fracasser, *v. a.*
fragilité, *s. f.*
frais, fraîche, *adj.*
franc, franche, *adj.*
fraude, *s. f.*
frauduleux, euse, *adj.*
frein, *s. m.*
frêle, *adj.*
fréquenter, *v. a.*
friand, ande, *adj.*
frimas, *s. m.*
frissonner, *v. n.*
froid, oide, *adj.*
froisser, *v. a.*
front, *s. m.*
fruit, *s. m.*
funérailles, *s. f. pl.*
funéraire, *adj. m.* et *f.*
fuyard, *s.* et *adj.*
Gageure, *s. f. On prononce*
  gajure.
gai, gaie, *adj.*
gaieté, *s. f.*
gaillard, arde, *adj.*
gain, *s. m.*
galant, ante, *adj.*
galère, *s. f.*
gangrène, *on prononce,*
  cangrène, *s. f.*
garant, *s. m.*
garçon, *s. m.*
garrotter, *v. a.*
gâter, *v. a.*
gauche, *s. f.* et *adj.*

gazouiller, *v. n.*
géant, *s. m.*
gémissement, *s. m.*
gêner, *v. a.*
générosité, *s. f.*
génie, *s. m.*
genou, *s. m.*
genre, *s. m.*
gens, *s. m.* et *f. pl.*
gentillesse, *s. f.*
geolier, *s. m.*
geste, *s. m.*
gibet, *s. m.*
gibier, *s. m.*
glace, *s. f.*
glaive, *s. m.*
glisser, *v. n.*
goguenard, arde, *adj.*
gosier, *s. m.*
gourmand, ande, *adj.*
gouvernail, *s. m.*
grain, *s. m.*
graine, *s. f.*
graisse, *s. f.*
grand, grande, *adj.*
grand-père, *s. m.*
grand'chère, *s. f.*
grand'chose, *s. f.*
grand'mère, *s. f.* aïeule.
gras, grasse, *adj.*
gratuit, uite, *adj.*
grêle, *s. f.*
grenier, *s. m.*
grimace, *s. f.*
grimper, *v. n.*

grincer, *v. a.*

gris, grise, *adj.*

gros, grosse, *adj.*

grossesse, *s. f.*

guère, *adv.*

guérison, *s. f.*

guerre, *s. f.*

guet-apens, *s. m.*

gueux, euse, *adj. et s. m.*
   et *f.*

guindé, ée, *adj.*

Habile, *adj.*

habiller, *v. a.*

habit, *s. m.*

habiter, *v. a.*

habitude, *s. f.*

habler, *v. n.*

hacher, *v. a.*

haie, *s. f.*

haillon, *s. m.*

haine, *s. f.*

haïssable, *adj.*

haleine, *s. f.*

hâle, *s. m. effet de la grande chaleur du soleil.*

halle, *s. f. lieu où l'on décharge les marchandises.*

hameau, *s. m.*

hameçon, *s. m.*

hanter, *v. a.*

harangue, *s. f.*

harassé, ée, *part.*

harceler, *v. a.*

hardes, *s. f. plur.*

hardi, ie, *adj.*

hargneux, euse, *adj.*

harmonie, *s. f.*

hasard, *s. m.*

hâter, *v. a.*

havresac, *s. m.*

haut, haute, *adj. élevé.*

hautain, aine, *adj.*

hautbois, *s. m. instrument.*

hauteur, *s. f. élévation,*
   fierté.

hébêté, ée, *adj. et s. m. et f.*

hécatombe, *s. f.*

hélas ! *interj.*

hémisphère, *s. m.*

hémorragie, *s. f.*

hennir, *v. n.*

hennissement, *s. m.*

héraut, *s. m. crieur public.*

herbe, *s. f.*

héréditaire, *adj.*

hérésie, *s. f.*

hérissé, ée, *part.*

hérisson, *s. m.*

héritier, ère, *s. m. et f.*

héroïque, *adj.*

héros, *s. m. homme illustre.*

herse, *s. f.*

hésiter, *v. n.*

heure, *s. f.*

heureux, euse, *adj.*

heurter, *v. a.*

hibou, *s. m.*

hideux, euse, *adj.*

hier, *adv. de temps.*

hiéroglyphe, *s. m.*

hirondelle , *s. f.*
histoire , *s. f.*
hiver , *s. m.*
hochet , *s. m.*
holà ! *interj.*
holocauste , *s. m.*
homicide , *s. m.*
hommage , *s. m.*
homme , *s. m.*
honnête , *adj.*
honneur , *s. m.*
honorer , *v. a.*
honte , *s. f.*
hôpital , *s. m.*
horizon , *s. m.*
horloge , *s. f.*
horoscope , *s. m.*
horreur , *s. f.*
hors, hormis , *prép.*
hospitalité , *s. f.*
hôte , hôtesse , *s. m.* et *f.*
hôtel , *s. m. maison d'un
    Grand.*
hôtellerie , *s. f.*
hotte , *s. f.*
houblon , *s. m.*
houlette , *s. f.*
huée , *s. f.*
huile , *s. f.*
huit , *adj. num.*
humble , *adj.*
humecter , *v. a.*
humeur , *s. f.*
humidité , *s. f.*
humilité , *s. f.*
hurler , *v. n.*

hydre , *s. f.*
hydropisie , *s. f.*
hymen , *s. m.*
hymne , *s. m.*
hyperbole , *s. f.*
hypocrisie , *s. f.*
hypothèque , *s. f.*
Jaloux , ouse , *adj.*
jamais , *adv.*
jambe , *s. f.*
jardin , *s. m.*
jargon , *s. m.*
ici-bas , *façon de parler
    adverbiale.*
jet-d'eau , *s. m.*
jeter , *v. a.*
jeu , *s. m.*
à jeun , *adv.*
jeunesse , *s. f.*
idiot , ote , *adj.*
ignominie , *s. f.*
ignorance , *s. f.*
illicite , *adj.*
illuminer , *v. a.*
illusion , *s. f.*
illustre , *adj.*
imaginaire , *adj.*
imbécilité , *s. f.*
imitation , *s. f.*
immanquable , *adj.*
immédiatement , *adv.*
immémorial , ale , *adj.*
immense , *adj.*
immensement , *adv.*
imminent , ente , *adj.*
immobile , *adj.*

immoler, *v. a.*
immortalité, *s. f.*
immuable, *adj.*
imparfait, aite, *adj.*
impénitence, *s. f.*
imperceptible, *adj.*
impertinence, *s. f.*
impétuosité, *s. f.*
implacable, *adj.*
important, ante, *adj.*
importun, une, *adj.*
impossible, *adj.*
impôt, *s. m.*
impression, *s. f.*
impudence, *s. f.*
inaccessible, *adj.*
inaction, *s. f.*
inadvertance, *s. f.*
inanimé, ée, *adj.*
inattention, *s. f.*
incendie, *s. m.*
incessamment, *adv.*
inceste, *s. m.*
incident, *s. m.*
inciter, *v. a.*
inclination, *s. f.*
incommode, *adj.*
incompréhensible, *adj.*
inconcevable, *adj.*
incontinent, *adv.*
incorporer, *v. a.*
incorruptible, *adj.*
inculquer, *v. a.*
incursion, *s. f.*
indécence, *s. f.*

indécis, ise, *adj.*
indemniser, *v. a.*
indépendance, *s. f.*
indice, *s. m.*
indicible, *adj.*
indigence, *s. f.*
indispensable, *adj.*
indissoluble, *adj.*
indolence, *s. f.*
indulgence, *s. f.*
inébranlable, *adj.*
ineffaçable, *adj.*
inégalité, *s. f.*
inexorable, *adj.*
infaillible, *adj.*
infatigable, *adj.*
inflexible, *adj.*
influence, *s. f.*
ingénu, ue, *adj.*
ingrat, ate, *adj.*
inhabitable, *adj.*
inhumain, aine, *adj.*
inhumer, *v. a.*
inimitié, *s. f.*
iniquité, *s. f.*
injure, *s. f.*
innocence, *s. f.*
innombrable, *adj.*
innover, *v. a.*
inonder, *v. a.*
inopiné, ée, *adj.*
insensé, ée, *adj.*
insensible, *adj.*
insigne, *adj.*
insinuer, *v. a.*

insipide, *adj.*
insister, *v. n.*
insolence , *s. f.*
instance , *s. f.*
instinct , *s. m.*
insu , *s. m. ou* insçu.
insulter , *v. a.*
intarissable , *adj.*
intelligence, *s. f.*
intendance, *s. f.*
intention , *s. f.*
intercession , *s. f.*
intéressant, ante , *adj.*
intérêt , *s. m.*
interjection, *s. f.*
interjeter, *v. a.*
intérieur, eure , *adj.*
interroger , *v. a.*
intervalle, *s. m.*
intestin , ine , *adj.*
intrigue, *s. f.*
invincible, *adj.*
inutile , *adj.*
joaillerie , *s. f.*
joli, ie , *adj. et subst.*
joncher , *v. a.*
jouer, *v. n. et a.*
joug, *s. m. servitude ,*
sujétion.
jouissance, *s. f.*
journalier, ère , *adj.*
ironie, *s. f.*
irréconciliable, *adj.*
irrégularité, *s. f.*
irréligion , *s. f.*

irrémissible , *adj.*
irréparable , *adj.*
irrésolu, ue , *adj.*
irrévocable, *adj.*
irriter, *v. a.*
irruption , *s. f.*
isle, *ou* île, *s. f.*
issue , *s. f.*
judicieux, euse , *adj.*
jugement, *s. m.*
jus , *s. m.*
jusqu'à , *prép.*
jusques-à-ce.
jusqu'où.
justaucorps , *s. m.*
Là , *adv. marquant le lieu.*
laborieux , euse , *adj.*
labyrinthe , *s. m.*
lacérer , *v. a. déchirer.*
lâcheté , *s. f.*
laid, laide , *adj. difforme.*
laine , *s. f.*
laisser, *v. a.*
lait , *s. m. de femme , de*
vache , etc.
laitage , *s. m.*
laiton, *s. m.*
lambris , *s. m.*
lamentable , *adj.*
lancer, *v. a.*
langage , *s. m.*
langueur , *s. f.*
laquais , *s. m.*
larcin , *s. m.*
larron , *s. m.*

las, lasse, *adj. qui est fatigué.*

lasciveté, *s. f.*

lassitude, *s. f.*

laurier, *s. m.*

leçon, *s. f.*

légitime, *adj. et s. f.*

legs, *s. m. don fait par un testateur.*

lendemain, *s. m.*

lenteur, *s. f.*

lequel, laquelle, *pronom.*

lèse-majesté.

lettre, *s. f.*

liaison, *s. f.*

libertin, ine, *adj.*

libraire, *s. m.*

lice, *s. f.*

licence, *s. f.*

linceul, *s. m.*

linge, *s. m.*

lis, *s. m. fleur blanche.*

lit, *s. m. meuble dont on se sert pour y coucher.*

logis, *s. m.*

lointain, aine, *adj.*

loisir, *s. m.*

long, longue, *adj.*

long-temps, *adv.*

lorsque, *conj.*

lot, *s. m. part, portion.*

louange, *s. f.*

louis, *s. m. pièce d'or.*

lourd, ourde, *adj.*

luxe, *s. m.*

Maçon, *s. m.*

magasin, *s. m.*

magicien, *s. m.*

magnanimité, *s. f.*

magnificence, *s. f.*

majestueux, euse, *adj.*

majorité, *s. f.*

maigre, *adj. m. et f.*

maintenant, *adv.*

maintien, *s. m.*

mais, *conj. qui sert à marquer contrariété.*

maîtriser, *v. a.*

mal-aisé, mal aisée, *adj.*

mâle, *s. m. et adj.*

malheur, *s. m.*

malin, igne, *adj.*

malle, *s. f. valise, petit coffre.*

manger, *v. a.*

manière, *s. f.*

manœuvre, *s. m. et f.*

manquer, *v. a. et n.*

manteau, *s. m.*

marais, *s. m.*

marchand, ande, *s, m. et f. qui fait profession d'acheter et de vendre.*

mari, *s. m.*

marraine, *s. f.*

martial, ale, *adj.*

massacre, *s. m.*

masse, *s. f.*

matelas, *s. m.*

matelot, *s. m.*

maudire, *v. a.*

mausolée, *s. m.*

mauvais, aise, *adj.*

maux, *pl. de* mal, *s. m.*

maxime, *s. f.*

mécanique, *s. f. et adj.*

méchanceté, *s. f.*

mécompte, *s. m.*

médaille, *s. f.*

médisance, *s. f.*

méditation, *s. f.*

meilleur, eure, *adj.* le comparatif de bon.

mélancolie, *s. f.*

mélange, *s. m.*

menacer, *v. a.*

mendicité, *s. f.*

mensonge, *s. m.*

mention, *s. f.*

mépris, *s. m.*

mercenaire, *adj.*

merci, *s. f.*

merveilleux, euse, *adj.*

mes, *adj. pl. de* mon, ma.

messager, ère, *s. m. et f.*

messéant, ante, *adj.*

métamorphose, *s. f.*

métaphore, *s. f.*

méthode, *s. f.*

métier, *s. m.*

mets, *s. m. ragoût.*

meurtrier, ère, *s. m. et f.*

mieux, *adv. comparatif de l'adverbe* bien.

migraine, *s. f.*

milieu, *s. m.*

militaire, *adj. m. et f.*

mille, *adj.*

million, *s. m.*

mince, *adj.*

minutie, *s. f.*

missive, *s. f.*

modèle, *s. m.*

modération, *s. f.*

moelle, *s. f.*

mœurs, *s. f. pl. manière de vivre.*

moi, *pron.* moi-même.

moins, *adv.*

mois, *s. m. douzième partie de l'année.*

moisson, *s. f.*

moitié, *s. f.*

mollesse, *s. f.*

monceau, *s. m. tas.*

mondain, aine, *adj.*

monnaie, *s. f.*

morceau, *s. m.*

moribond, onde, *adj.*

morigéner, *v. a.*

mort, *s. f. la fin de la vie.*

mot, *s. m. parole dite ou écrite.*

mourir, *v. n.*

moyennant, *prép.*

munificence, *s. f.*

mûrement, *adv.*

mystère, *s. m.*

Nain, *s. m.*

naissance, *s. f.*

naître, *v. n. venir au monde.*
naïveté , *s. f.*
narrer , *v. a.*
naufrage , *s. m.*
né, *part. du verbe* naître.
néanmoins, *conj.*
néant, *s. m.*
nécessaire , *adj.* et *s. m.*
négligence, *s. f.*
négoce , *s. m.*
neige , *s. f.*
nerf , *s. m.*
netteté , *s. f.*
nez, *s. m. partie du visage qui est entre le front et la bouche.*
niais, aise , *adj.*
nid , *s. m. petit réduit où l'oiseau couve ses petits.*
niveau , *s. m.*
noce , *s. f.*
nœud , *s. m.*
noircir , *v. a.*
nom , *s. m. terme dont on se sert pour désigner une personne ou une chose.*
non, *adv. terme négatif.*
nonante, *adj. num.*
nonchalance , *s. f.*
nonobstant, *prép.*
nourriture , *s. f.*
nouveau, elle, *adj.*
nu, nue, *adj.*
nuance , *s. f.*
nuit, *s. f.*

nullement , *adv.*
nuptial, ale, *adj.*
Obéissance , *s. f.*
objet , *s. m.*
obligation , *s. f.*
obligeamment , *adv.*
obscénité , *s. f.*
obscurcir , *v. a.*
obséder , *v. a.*
obséques , *s. f. plur.*
observer , *v. a.*
obstacle , *s. m.*
obstination , *s. f.*
obtenir , *v. a.*
obvier , *v. n.*
occasion , *s. f.*
occupation , *s. f.*
occurence , *s. f.*
oculàire , *adj.*
odeur , *s. f.*
odieux, euse , *adj.*
odorat , *s. m.*
œil , *s. m.* yeux , *pl.*
œil de bœuf, *archit.*
œillade , *s. f.*
œuf , *s. m.*
œuvre , *s. f.*
offense , *s. f.*
office , *s. m.*
offrande , *s. f.*
oiseau , *s. m.*
oisiveté , *s. f.*
ombre , *s. f.*
onze, *adj. num.*
opiniâtreté , *s. f.*

opinion , *s. f.*

opulence , *s. f.*

or , *s. m. le métal le plus précieux de tous les métaux.*

oracle , *s. m.*

orage , *s. m.*

ordonnance , *s. f.*

oreille , *s. f.*

organe , *s. m.*

orgueil , *s. m.*

originaire , *adj.*

origine , *s. f.*

ornement , *s. m.*

orphelin , ine , *s. m. et f.*

oser , *v. n.*

ostentation , *s. f.*

ôter , *v. a.*

oubli , *s. m.*

oui , *part. d'affirmation.*

ouï , ouïe , *adj entendu.*

outil , *s. m.*

outrageant , eante , *adj.*

outrance , (à) *adv.*

ouvert , te , *adj.*

ouvrier , ère , *s. m. et f.*

Pacifique , *adj.*

paillard , arde , *s. m. et f.*

pain , *s. m. la nourriture, la subsistance.*

pair , *adj. m. égal.*

paisible , *adj.*

paître , *v. a.*

paix , *s. f.*

palais , *s. m.*

pâle , *adj.*

pallier , *v. a. déguiser.*

panégyrique , *s. m.*

panneau , *s. m.*

papier , *s. m.*

par-ci , par-là , *adv.*

paradis , *s. m.*

parallèle , *adj.*

parce que , *conj.*

pardon , *s. m.*

pareil , eille , *adj.*

parent , ente , *s. m. et f.*

paresse , *s. f. fainéantise.*

parfum , *s. m.*

pari , *s. m. gageure.*

parmi , *prép.*

paroître , *v. n.*

parole , *s. f.*

parrain , *s. m.*

parricide , *s. m.*

parsemer , *v. a.*

part , *s. f. en parlant de la personne d'où vient quelque chose, l'intérêt qu'on y prend.*

partage , *s. m.*

partialité , *s. f.*

participer , *v. n.*

particulier , ère , *adj.*

partisan , *s. m.*

passager , ère , *adj.*

passe-port , *s. m.*

Passe-temps , *s. m.*

passion , *s. f.*

pathétique , *adj.*

patiemment, *adv.*
pâtir, *v. n.*
patois, *s. m.*
pâture, *s. f.*
paupière, *s. f.*
pause, *s. f. repos.*
pauvreté, *s. f.*
payer, *v. a.*
pays, *s. m.*
paysan, anne, *s. m.* et *f.*
pécher, *v. n. désobéir à*
  Dieu.
pêcher, *v. a. prendre du*
  poisson.
peine, *s. f.*
peinture, *s. f.*
pêle-mêle, *adv.*
pénétration, *s. f.*
pénible, *adj.*
pensée, *s. f.*
pente, *s. f.*
pépinière, *s. f.*
perçant, ante, *adj.*
perclus, use, *adj.*
perdrix, *s. f.*
perfectionner, *v. a.*
périlleux, euse, *adj.*
permanent, ente, *adj.*
permis, ise, *adj.*
permission, *s. f.*
pernicieux, euse, *adj.*
persévérance, *s. f.*
persister, *v. n.*
personnage, *s. m.*
perspicacité, *s. f.*

persuasion, *s. f.*
pertinemment, *adv.*
pervers, erse, *adj.*
petit, ite, *adj.*
peu, *adv. guère.*
peut-être, *adv. par hasard.*
pharmacie, *s. f.*
phlegme, flegme, *s. m.*
phrase, *s. f.*
physionomie, *s. f.*
pièce, *s. f.*
pierreries, *s. f. pl.*
pigeon, *s. m.*
pillage, *s. m.*
pinceau, *s. m.*
pincer, *v. a.*
pis, *adj. comparatif de*
  l'adverbe mal.
pitié, *s. f.*
pivot, *s. m.*
place, *s. f.*
placet, *s. m.*
plaidoyer, *s. m.*
plain, aine, *adj. qui est*
  uni, plat, sans inégalité.
plainte, *s. f.*
plaire, *v. n.*
plaisamment, *adv.*
plan, *s. m. le dessin, le*
  projet d'un ouvrage.
plat, ate, *adj.*
plausible, *adj.*
plein, eine, *adj. rempli,*
  remplie.
pleinement, *adv.*

pli, *s. m.*
plomb, *s. m.*
plongé, ée, *part. et adj.*
plupart, *s. f.*
plusieurs, *adj. pl.*
plût-à-Dieu que, *conj.*
plutôt, *adv.*
poids, *s. m. pesanteur,*
    autorité.
poignard, *s. m.*
poing, *s. m. main fermée.*
point, *s. m. et négation.*
pointilleux, euse, *adj.*
poisson, *s. m.*
police, *s. f.*
politesse, *s. f.*
poltron, onne, *s. et adj.*
pont, *s. m.*
populace, *s. f.*
populaire, *adj.*
port, *s. m. lieu où mouil-*
    lent les vaisseaux.
portion, *s. f.*
portrait, *s. m.*
possession, *s. f.*
posthume, *adj.*
potence, *s. f.*
pouce, *s. m. le plus gros*
    des doigts de la main.
pourceau, *s. m.*
pourriture, *s. f.*
pourtant, *conj.*
pousser, *v. a.*
poussière, *s. f.*
prairie, *s. f.*

préambule, *s. m.*
précaution, *s. f.*
précéder, *v. a.*
précepte, *s. m.*
prêche, *s. m.*
précieux, euse, *adj.*
précipitamment, *adv.*
précis, ise, *adj.*
précision, *s. f.*
précoce, *adj.*
prédécesseur, *s. m.*
prééminence, *s. f.*
préface, *s. f.*
préférence, *s. f.*
préjudice, *s. m.*
préjugé, *s. m.*
préliminaire, *adj.*
prémices, *s. f. pl.*
près, *prép. proche, environ.*
présage, *s. m.*
préséance, *s. f.*
présenter, *v. a.*
présider, *v. n.*
présomption, *s. f.*
prestance, *s. f.*
prêt, prête, *adj. disposé,*
    préparé à quelque chose,
prêter, *v. a.*
prévention, *s. f.*
prévoyance, *s. f.*
primauté, *s. f.*
principe, *s. m.*
printemps, *s. m.*
privauté, *s. f.*

prix , *s. m. valeur d'une chose, récompense qu'on donne au mérite.*
probabilité , *s. f.*
procédé , *s. m.*
procès , *s. m.*
prochain , aine , *adj.*
profane , *adj.*
profit , *s. m.*
profond , onde , *adj.*
progrès , *s. m.*
prohiber , *v. a.*
projet , *s. m.*
prompt , prompte , *adj.*
prôner , *v. a.*
pronostic , *s. m.*
prophétie , *s. f.*
proportionner , *v. a.*
propos , *s. m.*
protêt , *s. m.*
providence , *s. f.*
province , *s. f.*
proximité , *s. f.*
prudence , *s. f.*
psaume , *s. m.*
puanteur , *s. f.*
public , publique , *adj.*
pudicité , *s. f.*
puisque , *conj.*
puissance , *s. f.*
puits , *s. m. creux profond fait exprès pour en tirer de l'eau.*
punais , aise , *adj.*
punition , *s. f.*

pyrrhonisme , *s. m.*
Qu'a , *pour* que a , *qu'a-t-on fait.*
quadrer , cadrer , *v. n.*
quadrupède , *s. m.*
quadruple , *s. m.*
qualifié , ée , *part.*
qualité , *s. f.*
quand , *adv. lorsque.*
quant , *adv. pour.*
quantième , *adj.*
quantité , *s. f.*
quarante , *adj. num.*
quart , *s. m. la quatrième partie d'un tout.*
quartier , *s. m.*
quasi , *adv. presque.*
quatorze , *adj.*
quatre , *adj. num.*
quel , quelle , *adj.*
quelconque , *pron.*
quelquefois , *adv.*
quelqu'un , une , *s. m. et f.*
qu'en , *pour* que en , *qu'en dira-t-on , adv.*
quenouille , *s. f.*
querelle , *s. f.*
qu'est-ce ? *terme interrogatif.*
question , *s. f.*
queue , *s. f.*
quiconque , *pronom qui n'a point de pluriel.*
quinquina , *s. m.*
quintessence , *s. f.*

quinteux , euse , *adj.*
quinze , *adj. num.*
quittance, *s. f.*
quote-part , *s. f.*
qu'y *pour* que y.
qu'y a-t-il ? *terme inter-*
    rogatif.
Rabais, *s. m.*
raccourcir, *v. a.*
race, *s. f.*
racine , *s. f.*
rafraîchir , *v. a.*
raillerie, *s. f.*
raisin , *s. m.*
raisonnable, *adj.*
ralentir, *v. a.*
ramper , *v. n.*
rançon, *s. f.*
rancune , *s. f.*
rang , *s. m. ordre.*
rapport , *s. m.*
rapt, *s. m. enlèvement.*
rassasier , *v. a.*
rassembler, *v. a.*
rassis , ise , *adj.*
rébellion, *s. f.*
rebours, *s. m.*
rebus, *s. m.*
récemment , *adv.*
récépissé , *s. m.*
réceptable , *s. m.*
réception, *s. f.*
recette, *s. f.*
recevoir, *v. a.*
recherche , *s. f.*

récidive, *s. f.*
réciproque, *adj.*
récit, *s. m.*
récompense , *s. f.*
réconcilier , *v. a.*
reconnoissance, *s. f.*
recours, *s. m.*
reddition, *s. f.*
rédemption , *s f.*
réflexion, *s. f.*
réfractaire , *adj.*
refrain, *s. m.*
refus, *s. m.*
regard, *s. m.*
régence, *s. f.*
regimber, *v. n.*
régime, *s. m.*
registre, *s. m.*
règle , *s. f.*
règne , *s. m.*
regret, *s. m.*
rehausser, *v. a.*
rejeton, *s. m.*
réitérer, *v. a.*
relâcher , *v. a.*
relais, *s. m.*
remarquable , *adj.*
rembourser, *v. a.*
remède , *s. m.*
remercier, *v. a.*
remontrance, *s. f.*
remords, *s. m.*
rempart, *s. m.*
remplacer, *v. a.*
remplir, *v. a.*

renard, *s. m.*
rencontrer, *v. a.*
rendez-vous, *s. m.*
renégat, *s. m.*
rênes, *s. f. pl. le gouvernement de l'Etat.*
renforcer, *v. a.*
renfort, *s. m.*
renouveler, *v. a.*
rente, *s. f.*
renverser, *v. a.*
repaire, *s. m retraite des bêtes farouches.*
répandre, *v. a.*
repas, *s. m.*
repentir, *s. m.*
répit, *s. m. relâche.*
réponse, *s. f.*
repos, *s. m.*
représailles, *s. f. pl.*
réprimande, *s. f.*
républicain, *adj. et s.*
répugnance, *s. f.*
réputation, *s. f.*
requête, *s. f.*
résidence, *s. f.*
résipiscence, *s. f.*
résistance, *s. f.*
résolu, ue, *adj.*
résonner, *v. n. retentir.*
résoudre, *v. a.*
respect, *s. m.*
responsable, *adj.*
ressemblance, *s. f.*
ressentiment, *s. m.*

resserrer, *v. a.*
ressort, *s. m.*
ressource, *s. f.*
ressouvenir, *s. m.*
ressusciter, *v. a. et n.*
restauration, *s. f.*
résultat, *s. m.*
résurrection, *s. f.*
retard, *s. m.*
retentir, *v. n.*
retour, *s. m.*
retraite, *s. f.*
retrancher, *v. a.*
rétrécir, *v. a.*
revancher, *v. a.*
réveiller, *v. a.*
revendiquer, *v. a.*
révérence, *s. f.*
rêverie, *s. f.*
revers, *s. m.*
réunir, *v. a*
réussir, *v. n.*
révolution, *s f.*
rhume, *s. m.*
ridicule, *adj.*
rocher, *s. m.*
rôle, *s. m.*
roman, *s. m.*
ronce, *s. f.*
rond, ronde, *adj.*
roseau, *s. m.*
rossignol, *s. m.*
rouille, *s. f.*
royauté, *s. f.*
rubis, *s. m.*

ruisseau, *s. m.*
ruisseler, *v. n.*
rustaud, *adj. grossier.*
rusticité, *s. f.*
Saccager, *v. a.*
sagacité, *s. f.*
saigner, *v. a. et n.*
saillie, *s. f.*
sain, saine, *adj. qui se porte bien.*
sainement, *adv.*
saint, sainte, *adj. qui remplit tous ses devoirs.*
sainteté, *s. f.*
saisir, *v. a.*
saison, *s. f.*
salaire, *s. m.*
salle, *s. f. grande chambre.*
salut, *s. m.*
salutaire, *adj.*
sanctifier, *v. a.*
sang, *s. m.*
sanglant, ante, *adj.*
sanglier, *s. m.*
sanglot, *s. m.*
sangsue, *s. f.*
sanguinaire, *adj. m. et f. cruel.*
sans, *prép.*
sans cesse, *adv.*
santé, *s. f.*
saper, *v. a.*
satiété, *s. f.*
satisfaction, *s. f.*
satyre, *s. f.*

savant, ante, *adj.*
sauce, *s. f.*
sauf-conduit, *s. m.*
savoir vivre, *s. m.*
savourer, *v. a.*
saut, *s. m. action de sauter.*
sauvage, *adj.*
sauver, *v. a.*
scabreux, scabreuse, *adj.*
scandale, *s. m.*
sceau, *s. m. cachet.*
scélérat, ate, *adj.*
sceller, *v. a.*
scène, *s. f. partie du théâtre.*
sceptre, *s. m.*
schisme, *s. m.*
science, *s. f.*
scrupule, *s. m.*
sculpture, *s. f.*
séant, ante, *adj.*
sec, sèche, *adj.*
second, onde, *adj.*
secours, *s. m.*
secousse, *s. f.*
secret, ette, *adj.*
secte, *s. f.*
sécurité, *s. f.*
sédentaire, *adj.*
séditieux, euse, *adj.*
séduire, *v. a.*
sein, *s. m. d'une femme, de la terre.*
seing, *s. m. signature.*

séjour, *s. m.*
seize, *adj. num.*
selon, *prép.*
semaine, *s. f.*
semence, *s. f.*
sens, *s. m. organe.*
sensation, *s. f.*
sensé, sensée, *adj.*
sensibilité, *s. f.*
sensualité, *s. f.*
sentence, *s. f.*
sentier, *s. m.*
sentiment, *s. m.*
sentinelle, *s. f.*
séparer, *v. a.*
sept, *adj. num.*
sépulture, *s. f.*
serein, *s. m.*
sérieux, euse, *adj.*
serment, *s. m.*
serpent, *s. m.*
servante, *s. f.*
service, *s. m.*
ses, *pl. du pron.* son, sa.
sévérité, *s. f.*
sévir, *v. n. punir.*
sevrer, *v. a.*
sexagénaire, *adj. m. et f.*
sexe, *s. m.*
siècle, *s. m.*
il sied, *v. impersonnel.*
siège, *s. m.*
siffler, *v. n.*
signaler, *v. a.*
signature, *s. f.*

signe, *s. m. marque.*
signifier, *v. a.*
silence, *s. m.*
sillon, *s. m.*
simagrée, *s. f.*
similitude, *s. f.*
simplicité, *s. f.*
simulacre, *s. m.*
simulé, ée, *adj.*
sincère, *adj. m. et f.*
singerie, *s. f.*
singulier, ère, *adj.*
sinistre, *adj.*
sinon, *conj.*
situation, *s. f.*
six, *adj. num.*
sixième, *adj.*
sociable, *adj.*
société, *s. f.*
sœur, *s. f.*
soi, *pron. signifiant soi-même, sa personne.*
soigneux, euse, *adj.*
soit, *conj.*
soixante, *adj. num.*
soldat, *s. m.*
soleil, *s. m.*
solennel, elle, *adj.*
solide, *adj.*
solliciter, *v. a.*
sommeil, *s. m.*
sommer, *v. a.*
sommet, *s. m. le haut, la partie la plus élevée.*
somptueux, euse, *adj.*

sophisme, *s. m.*

sort, *s. m.*

sou, *s. m. pièce de monnaie*

souci, *s. m.*

soudain, aine, *adj.*

souffrance, *s. f.*

souhait, *s. m.*

souiller, *v. a. gâter, salir.*

soumission, *s. f.*

soupçon, *s. m.*

souplesse, *s. f.*

sourd, sourde, *adj.*

souris, *s. m. action de*
    sourire.

sournois, oise, *s. m.* et *f.* et
    adj.

sous, *prép.*

soussigné, ée, *part.*

soustraire, *v. a.*

soutien, *s. m.*

souvent, *adv.*

souverain, aine, *adj.*

spécieux, euse, *adj.*

spectacle, *s. m.*

spirituel, elle, *adj.*

splendeur, *s. f.*

squelette, *s. m.*

stérile, *adj.*

stratagème, *s. m.*

style, *s. m.*

subhaster, *v. a.*

subit, ite, *adj.*

subjuguer, *v. a.*

subordination, *s. f.*

subside, *s. m*

subsistance, *s. f.*

substituer, *v. a.*

subterfuge, *s. m.*

succès, *s. m.*

successeur, *s. m.*

succinct, incte, *adj.*

succomber, *v. n.*

succulent, succulente, *adj.*

sucrer, *v. a.*

suffisamment, *adv.*

suffrage, *s. m.*

suggérer, *v. a.*

suggestion, *s. f.*

sujet, ette, *adj.*

superficie, *s. f.*

superflu, ue, *adj.*

superstitieux, euse, *adj.*

supplication, *s. f.*

supplice, *s. m.*

support, *s. m.*

sur, *prép.*

sûr, sûre, *adj. assuré.*

surabondant, ante, *adj.*

surcroît, *s. m.*

surface, *s. f.*

sursaut, *s. m. surprise.*

susceptible, *adj.*

susciter, *v. a.*

suspect, ecte, *adj.*

en suspens, *façon de par-*
    ler adverbiale.

sustenter, *v. a.*

syllabe, *s. f.*

symbole, *s. m.*

symétrie, *s. f.*

sympathie, *s. f.*
symphonie, *s. f.*
synagogue, *s. f.*
syntaxe, *s. f.*
Tabac, *s. m.*
tableau, *s. m.*
tache, *s. m. souillure.*
tâche, *s. f. chose qu'on donne à faire.*
tâcher, *v. n. faire des efforts.*
tacitement, *adv.*
taciturne, *adj. m. et f.*
tact, *s. m. le toucher.*
tailler, *v. a.*
taire, *v. a.*
talent, *s. m.*
tambour, *s. m.*
tandis, *conj.*
tant, *adv. marquant une quantité indéfinie.*
tante, *sœur du père ou de la mère.*
tantôt, *adv.*
tas, *s. m. monceau amas.*
tâter, *v. a.*
taux, *s. m. le prix établi, taxe.*
taureau, *s. m.*
teinture, *s. f.*
téméraire, *adj.*
témoignage, *s. m.*
tempérament, *s. m.*
tempérance, *s. f.*
tempête, *s. f.*

temporiser, *v. n.*
temps, *s. m. la mesure, la durée des choses.*
ténèbres, *s. f. plur.*
tente, *s. f. espèce de pavillon.*
tenter, *v. a.*
terrain, *s. m.*
terrasser, *v. a.*
tête, *s. f.*
théâtre, *s. m.*
thême, *s. m.*
théorie, *s. f.*
thésauriser, *v. n.*
tiare, *s. f.*
tiers, *s. m.*
tillac, *s. m.*
tintamarre, *s. m.*
tisserand, *s. m.*
tissu, *s. m.*
tocsin, *s. m.*
toi, *pron.* toi-même.
toit, *s. m. la couverture d'un bâtiment, d'une maison.*
tolérance, *s. f.*
tombeau, *s. m.*
tonneau, *s. m.*
torrent, *s. m.*
tors, torse, *adj.*
tort, *s. m.*
toujours, *adv.*
tour-à-tour, *adv.*
tourbillon, *s. m.*
tourment, *s. m.*

tousser, *v. n.*

tout, *adv. entièrement.*

tout, toute, *adj.*

tous, toutes, *pl.*

tout-à-fait, *adv.*

tout-à-coup, *adv.*

tout bas, *adv.*

toux, *s. f. maladie qui fait faire des efforts à la poitrine.*

tracas, *s. m.*

tracasser, *v. n.*

trace, *s. f.*

trahison, *s. f.*

trajet, *s. m.*

train, *s. m.*

trait, *s. m. ligne que décrit la plume ou le pinceau.*

traite, *s. f.*

traiter, *v. a.*

traître, *s. m.*

tranquillité, *s. f.*

transcendant, ante, *adj.*

transe, *s. f.*

transgression, *s. f.*

transmettre, *v. a.*

transparent, ente, *adj.*

transport, *s. m.*

transsubstantiation, *s. f.*

travail, *s. m.*

travailler, *v. a. et n.*

travers, *s. m.*

treize, *adj. num.*

tremblement, *s. m.*

se trémousser, *v. récip.*

tremper, *v. a.*

trente, *adj. num.*

trépas, *s. m.*

très, *adv. fort.*

trésor, *s. m.*

trève, *s. f.*

tribu, *s. f. une des parties dont un peuple est composé.*

tribut, *s. m. redévance qu'un état est obligé de payer à un autre.*

tributaire, *adj.*

triomphe, *s. m.*

troc, *s. m. échange.*

tronc, *s. m.*

trône, *s. m.*

trophée, *s. m.*

troupeau, *s. m.*

tympaniser, *v. a.*

tyran, *s. m.*

tyrannie, *s. f.*

Vacances, *s. f. pl.*

vacarme, *s. m.*

vaciller, *v. n. chanceler.*

vagabond, onde, *adj.*

vaillant, ante, *adj.*

vain, vaine, *adj. frivole, orgueilleux.*

vaincu, ue, *part. p. et adj.*

vainqueur, *s. m.*

vaisseau, *s. m.*

vaisselle, *s. f.*

valet, *s. m.*

vallée, *s. f.*

valoir, *v. n. je vaux*, *tu vaux.*

van, *s. m.*

vanter, *v. a.*

vassal, *s. m.*

vautour, *s. m.*

vautrer, *v. n.*

veau, *s. m. le petit de la vache.*

véhémence, *s. f.*

veiller, *v. n. et a.*

vendange, *s. f.*

vengeance, *s. f.*

vent, *s. m. agitation de l'air.*

ventre, *s. m.*

ver, *s. m. insecte.*

verger, *s. m.*

vermeil, meille, *adj.*

vermisseau, *s. m.*

vers, *s. m. et prép. auprès.*

verser, *v. a.*

vert, erte, *adj.*

vêtir, *v. a.*

vicissitude, *s. f.*

victorieux, euse, *adj.*

vieil *ou* vieux, vieille, *adj. et s.*

vieillard, *s. m.*

vieillesse, *s. f.*

vif, vive, *adj.*

vigilamment, *adv.*

vigilance, *s. f.*

vigne, *s. f.*

vignoble, *s. m.*

vigueur, *s. f.*

vil, ile, *adj. méprisable.*

villageois, oise, *s. m. et f.*

ville, *assemblage de plusieurs maisons disposées par rues.*

vin, *s. m. liqueur propre à boire que l'on tire du raisin.*

vinaigre, *s. m.*

vindicatif, ive, *adj.*

vingt, *adj. num. deux fois dix.*

violence, *s. f.*

violet, ette, *adj.*

visage, *s. m.*

vis, *s. f. instrument.*

vis-à-vis, *adv.*

vitrifier, *v. a.*

vivacité, *s. f.*

unanime, *adj. m. et f.*

union, *s. f.*

univers, *s. m.*

universalité, *s. f.*

universel, elle, *adj.*

vocal, vocale, *adj.*

vocation, *s. f.*

vœu, *s. m. promesse faite à Dieu des choses dont on peut disposer.*

voie, *s. f. chemin, moyen.*

voisin, ine, *adj.*

voix, *s. f. son qui sort de la bouche de l'homme.*

volaille, *s. f.*
volatil, ile, *adj.*
volatile, *s. m. animal qui vole.*
volontaire, *adj.*
volontiers, *adv.*
voluptueux, euse, *adj.*
voracité, *s. f.*
voûte, *s f.*
voyageur, *s. m.*
vrai, vraie, *adj.*
urgent, ente, *adj.*
usurier, ère, *s. m.* et *f.*
utilité, *s. f.*
vulgaire, *adj. m.* et *f.* et *s.*

Zèle, *s. m.*
zéphir, *s. m.*
zéro, *s. m.*
zest, *s. m.* et *interj.*
zest, *s. m. le dessus de l'écorce d'un citron ou d'une orange.*
zibeline, *s. f.*
zigzag, *s. m.*
zinc, *s. m. métal.*
zizanie, *s. f. division.*
zodiaque, *s. m.*
zône, *s. f.*
zoophyte, *s. m.*

NOMS PROPRES.

Abel, *s. m.*	Bohême, *s. f.*
Abraham, *s. m.*	Bordeaux, *ville.*
Académie, *s. f.*	Bourg-mestre, *s. m.*
Adam, *s. m.*	Cadix, *ville.*
Africain, aine, *s.* et *adj.*	Caïn, *s. m.*
Alexandre, *s. m.*	Calvin, *s. m.*
Allemagne, *s. f.*	Capitaine, *s. m.*
Allemand, ande, *s.* et *adj.*	Carthage, *ville.*
Alphonse, *s. m.*	César, *s. m.*
Ambassadeur, *s. m.*	Chablais, *s. m.*
Amsterdam, *ville.*	Charles-Magne, *s. m.*
Angleterre, *s. f.*	Charles-Quint, *s. m.*
Annibal, *s. m.*	Chancelier, *s. m.*
Antiochus, *s. m.*	Châtelain, *s. m.*
Anvers, *ville.*	Chrétien, enne, *s.* et *adj.*
Août, *s. m. et se prononce*	Chronologie, *s. f.*
Oût.	Cicéron, *s. m.*
Apôtre, *s. m.*	Ciel, *s. m. et au pl.* Cieux.
Arithmétique, *s. f.*	Circoncision, *s. f.*
Assyrie, *s. f.*	Collége, *s. m.*
Athènes, *ville.*	Commissaire, *s. m.*
Auguste, *s. m.*	Comte, *s. m. dignité.*
Avocat, *s. m.*	Constantin, *s. m.*
Avril, *s. m.*	Consul, *s. m.*
Autriche, *s. f.*	Copenhague, *ville.*
Babylone, *ville.*	Corinthe, *ville.*
Bacchus, *s. m.*	Cour, *s. f. signifiant le Roi*
Bailli, *s. m.*	*ou ses Ministres.*
Baptême, *s. m.*	Caen, *ville. Pronon.* Kan.
Basle, *ville.*	Crœsus, *s. m.*
Besançon, *ville.*	Cyrus, *s. m.*
Beaucaire, *ville.*	Czar, *s. m.*
Bethléem, *ville.*	Danemarck, *s. m.*

Dantzick, *ville.*	Grammaire, *s. f. art de*
Dauphiné, *s. m.*	*bien parler.*
Décembre, *s. m.*	Grands, *s. m. pl. les Sei-*
Delphes, *ville.*	*gneurs de la* 1.*re qualité.*
Démosthène, *s. m.*	Grec, Grecque, *adj.*
Dimanche, *s. m.*	Grèce, *s. f.*
Dijon, *ville.*	Hambourg, *ville.*
Egypte, *s. f.*	Hébreu, *s. m. et adj.*
Elysées, *ou Elysiens, adj.*	Hercule, *s. m.*
m. pl.	Hérode, *s. m.*
Empereur, *s. m.*	Hollande, *s. f.*
Empire, *s. m. monarchie.*	Homère, *s. m.*
Enoch, *s. m.*	Hongrie, *s. f.*
Ephèse, *ville.*	Horace, *s. m.*
Esope, *s. m.*	Janvier, *s. m.*
Espagne, *s. f.*	Jérusalem, *ville.*
Ethiopie, *s. f.*	Jésus-Christ, *s. m.*
Evangile, *s. m.*	Jeudi, *s. m.*
Eucharistie, *s. f.*	Impératrice, *s. f.*
Eve, *s. f.*	Indes, *s. f.*
Euphrate, *s. m.*	Joseph, *s. m.*
Europe, *s. f.*	Isaïe, *s. m.*
Février, *s. m.*	Israël, *s. m.*
France, *s. f.*	Italie, *s. f.*
Francfort, *ville.*	Juin, *s. m.*
François, *s. m.*	Juillet, *s. m.*
Fribourg, *ville.*	Jupiter, *s. m.*
Général, *s. m.*	Jurisprudence, *s. f.*
Gênes, *ville.*	Lacédémonien, enne, *s. f.*
Genève, *ville.*	*et adj.*
Gentilhomme, *s. m.*	La-Haye, *bourg.*
Géographie, *s. f.*	Languedoc, *s. m.*
Géométrie, *s. f.*	Lausanne, *ville.*
Gex, *pays.*	Législateur, *s. m.*
Goliath, *s. m.*	Leyde, *ville.*

Leipsic, *ville.*
Lisbonne, *ville.*
Londres, *ville.*
Lorraine, *s. f.*
Luthérien, enne, *adj. et s.*
Lycurgue, *s. m.*
Lyon, *ville.*
Macédoine, *s. f.*
Mademoiselle, *s. f.*
Madrid, *ville.*
Magistrat, *s. m.*
Mahomet, *s. m.*
Mai, *s. m.*
Mars, *s. m.*
Marseille, *ville.*
Mathématiques, *s. f. pl.*
Méditerrannée, *s. f.*
Messie, *s. m.*
Milanez *ou* Milanois, *s. m.*
Moïse, *s. m.*
Montpellier, *ville.*
Monseigneur, *s. m. et au*
  pl. Messeigneurs.
Monsieur, *s. m.* et *au pl.*
  Messieurs.
Montauban, *ville.*
Morges, *ville.*
Nabuchodonosor, *s. m.*
Nantes, *ville.*
Naples, *ville.*
Nazareth, *ville.*
Nismes *ou* Nîmes, *ville.*
Nord, *s. m.*
Notaire, *s. m.*
Occident, *s. m.*

Océan, *s. m.*
Octobre, *s. m.*
Odyssée, *s. f.*
Officier, *s. m.*
Olympique, *adj.*
Orient, *s. m.*
Orthographe, *s. f.*
Paganisme, *s. m.*
Payen, enne, *adj. et s.*
Pair, *s. m. terme de dignité*
Pâque, *s. f.*
Paris, *ville.*
Pentecôte, *s. f.*
Pérou, *s. m.*
Perse, *s. f.*
Pharaon, *s. m.*
Pharisien, *s. m.*
Phèdre, *s. m.* et *f. nom*
  d'homme et de femme.
Plénipotentiaire, *s. m.*
Philippe, *s. m.*
Philosophe, *s. m.*
Physique, *s. f.*
Piémont, *s. m.*
Pô, *s. m.*
Poëte, *s. m.*
Polybe, *s. m.*
Président, *s. m.*
Prince, *s. m.*
Prophête, *s. m.*
Provence, *s. f.*
Ptolomée-Philadelphe, *s. m.*
Pyrrhus, *s. m.*
Pythagore, *s. m.*
Quebec, *ville.*

Querci, *s. m.*

Rabbin, *s. m.*

Régent, Régente, *s. m. et f.*

Reine, *s. f. femme de Roi.*

République, *s. f.*

Résident, *s. m.*

Rheims, *ville.*

Rhétorique, *s. f.*

Rhin, *s. m.*

Rhône, *s. m.*

Romain, aine, *s. et adj.*

Rouen, *ville.*

Sacerdoce, *s. m.*

Sainte-Cène, *s. f.*

Samedi, *s. m.*

Samson, *s. m.*

Saone, *pron.* Sône, *s. f.*

Sardaigne, *s. f.*

Saül, *s. m.*

Savoie, *s. f.*

Savoyard, arde, *s. et adj.*

Schaffhouse, *ville.*

Seine, *s. f.*

Scipion, *s. m.*

Secrétaire, *s. m.*

Seigneur, *s. m.*

Sémiramis, *s. f.*

Sénat, *s. m.*

Sénèque, *s. m.*

Sennachérib, *s. m.*

Septentrion, *s. m.*

Sicile, *s. f.*

Sinaï, *s. m.*

Sire, *s. m.* nom qu'on donne au Roi.

Smyrne, *ville.*

Stadtouder, *prononcez* Stathouder, *s. m.*

Stockolm, *ville.*

Stoïque, Stoïcien, *adj. et s. m.*

Strasbourg, *ville.*

Suisse, *s. f. pays.*

Syndic, *s. m.*

Syracuse, *ville.*

Syrie, *s. f.*

Tarquin, *s. m.*

Télémaque, *s. m.*

Térence, *s. m.*

Thalès, *s. m.*

Thèbes, *ville.*

Thémistocle, *s. m.*

Théodose, *s. m.*

Théologie, *s. f.*

Thucydide, *s. m.*

Tripoli, *ville.*

Turin, *ville.*

Tyr, *ville.*

Vaud, *pays.*

Vendredi, *s. m.*

Versailles, *ville.*

Vevay, *ville.*

Vire, *ville.*

Vice-Roi, *s. m.*

Ulysse, *s. m.*

Utrecht, *ville.*

Xénophon, *s. m.*

Xercès, *s. m.*

Zurich, *ville.*

Zurzach, *ville.*

FIN.